1322. **Du Coq à l'asne** : sur les tragœdies de France. Arnaud à Thony, Ensemble la response de Thony à Arnaud. S. l., 1589. Pet. in-8, 39 pages, vél. blanc. 250 »

Pièce satirique en vers; l'épître adressée au lecteur commence ainsi :

Le pape souffle au chalumeau
Pensant arrondir son église ;
Pour ce le balafré de Guŷse
Luy sert d'un almanach nouveau.

L'exemplaire de Morante, annoncé comme unique, n'était pas plus beau que le nôtre; il a été adjugé à 500 fr., frais non compris.

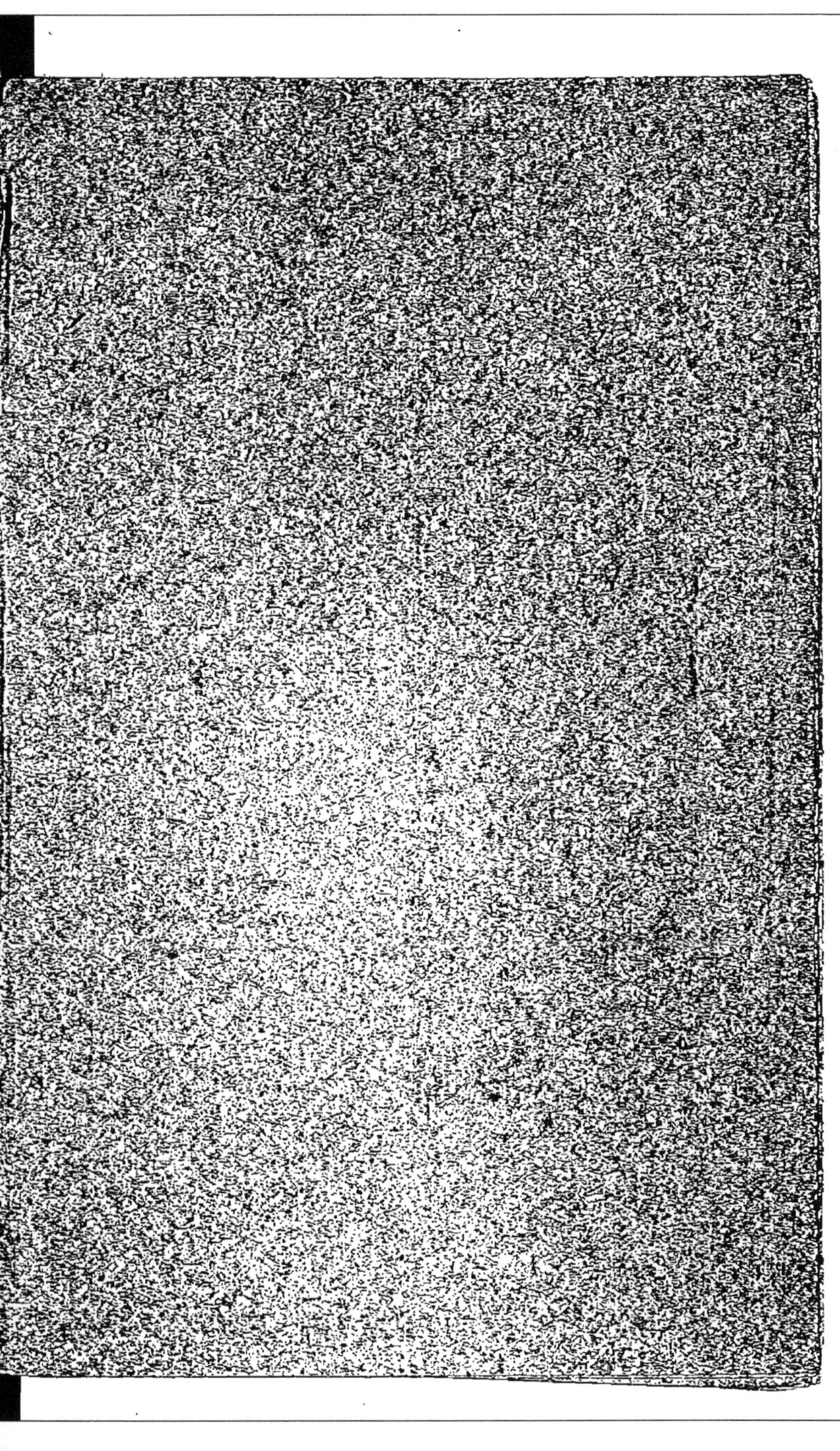

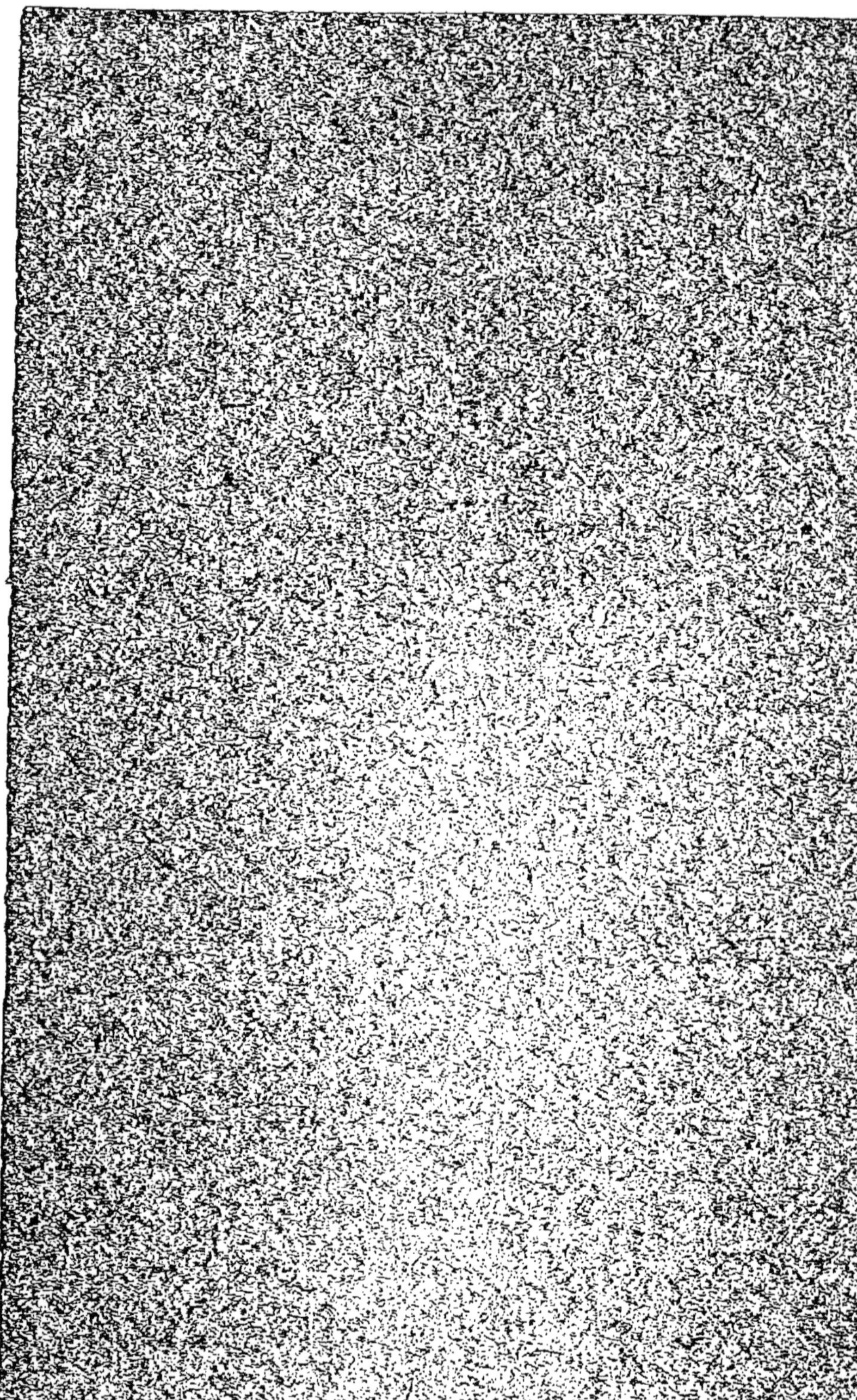

DV COQ

A L'ASNE:

Sur les Tragœdies de France.

ARNAVD, A THONY.

Ensemble la Response de
THONY, A ARNAVD.

M. D. LXXXIX.

AV LECTEVR.

LE Pape souffle au Chalumeau,
 Pensant arrondir son Eglise:
 Pource le Ballaffré de Guyse
 Luy sert d'vn Almanach nouueau.

Le Roy d'Espagne est son flambeau,
 Le Sauoyart sa raue aiguyse,
 Le couïllart Lorrain symbolise,
 Pour prendre la febue au gasteau.

Mais le Coq n'est point abbatu
 Qui l'aube du iour nous annonce,
 Sus Badauts, ce Louure on enfonce.

La Ligue est elle sans vertu?
 Messieurs, chacun garde sa place,
 Car vous aurez tantost la farce.

DV COQ,
A L'ASNE.

ARNAVD, A THONY.

THONY, pour te donner plai-
sir
Ie te veux conter à loisir
Ce que i'ay appris de la Ligue.
Tout court, tout va, tout bruit, tout brigue
Chacun fait fourbir son harnois.
Pourtant le Roy des Nauarrois
A failly le petit brouage.
Par ma foy ce bel heritage
Ne sera point sans heritiers.
On parle de le marier
En ses vieux ans la grosse teste.
Ah! que c'est vne estrange beste
Que la bruslante ambition.
C'est vne grand' deuotion
Qu'vn massacre à la Catholique,
Si i'estois armé d'vne pique,
Monté sur le haut d'vn clocher,
Ie garderois bien d'approcher
Ces mastins abbayeurs de Lune.

A ij

Ils courront la mesme fortune,
Et en mesme temps les Grisons,
Les Zelandois, & les Frisons
Sont prest à remuer mesnage.
Le Prince Casimir fait rage,
Le Roy de Dannemarc aussi.
Les Protestans sont en soucy.
On entre en debat à Coloigne.
L'Allement nous taille besoigne,
Et le Suede encore plus.
Dieu qu'il faudra de Carolus
Pour payer tant de liffres loffres.
Les Flamans font de belles offres :
Mais nous auons affaire ailleurs.
Sus, sus que ces freres Mineurs,
Augustins, Iacopins, & Carmes
Prennent à ceste fois les armes,
Il y va du droit besaisier.
Si Madame de Montpensier
Loge vne fois au chappeau rouge,
Et que la Marmitte ne bouge,
Ie seray quelque iour Prelat.
Mieux vaut courtiser vn bon plat
Que d'estre tué à la guerre,
La bonne Royne d'Angleterre
Fut à deux pieds pres de la mort :
C'est vn tres asseuré support
Que d'auoir au vray Dieu fiance.
Pour bien garentir nostre France
Le Roy attend trop longuement:

On

On veut qu'il face vn testament
Cependant qu'il est ieunesse.
Plusieurs ont manquez des promesse
Au Gouuerneur de Champenois.
Nous auons forces noueaux Roys,
Tous orphelins de la Couronne.
On n'a pas ouuert à Peronne
Si follement comme à Chaallon.
Gens bien armez par le tallon
Sont propre pour faire retraitte.
Thony, faisons vne Cornette
De beaux petits cheuaux legers:
Mais n'approchons point des dangers,
Il faut mesnager nostre vie.
Ie veux aller en Italie
Pour apprendre à poltronniser:
Non fais, ie me viens d'aduiser,
Ie hay à frapper par derriere.
Ie crains que nostre bonne mere
Ne face que nous amuser:
Comment se peut on excuser
D'auoir fait la guerre à son Prince?
On veut loppiner la Prouince:
Mais chascun d'eux voudroit bien tout.
Qui prend sa lance au petit bout
Ne fait iamais vne grand playe.
Et Madame de longue Raye
Fait elle rien à ton aduis?
Tu n'es pas trop de ses amis,
Ne prend rien a ton aduantage.

Par le traicté de mariage
On deuoit maſſacrer Thony.
Il falloit bien eſtre aduerti,
Celuy qui vint à la tourelle :
C'eſt vne tresbonne allumelle
Que l'eſpec au Roy Cardinal.
Il eſt mort le pauure Amiral :
Mais nous en aurions bien affaire,
Porter le Sceptre & Breuiaire
Sont deux baſtons du tout diuers,
Ie croy que Monſieur de Neuers
Veut auoir raiſon de ſa quille,
Il ne prendra pas la Baſtille :
Car ſaincte Solline eſt dedans,
Nous auions perdu Orleans,
Qu'en deſpit de la Citadelle,
Ils ont fouillé dans l'Eſcarcelle,
Puis ont pris le party Guiſart.
Sainct Luc en tira bien ſa part,
Pourtant qu'il eut voix en Chappitre.
Lors que la force ſert de tiltre,
Chaſcun met ſoubs les pieds les Loix,
Nous aurons des armes de Foix.
Si le Bearnois paſſe Loyre.
Vienne la paix ou la victoire,
Plus de morts & moins d'ennemis.
Si on auoit pris ſainct Denys,
Sainct Clou, & Charanton ſur Seine
Paris auroit bien de la peine,
Et ſi feroit des frois repas.

On

On brasse quelque estrange cas:
Mais peu gens le sçauent dire,
Si l'vn fait mal, l'autre fait pire,
L'autre veut son droit disputer.
L'arbre sacré à Iupiter
Ombrageoit Madame Iaquine,
Et combien qu'elle soit bien fine,
Ils furent ouuerts les Bahus.
Nous aurons des enfans perdus
Plus qu'il n'en faut en nostre arme.
Si ceste guerre est de duree
Le pauure peuple aura fort temps.
Il se verra des Mal-contens,
Et des las d'endurer la force,
Si le feu n'eust prins à la morce
Il n'eust tiré le pistolet.
A dire vray, vn cabasset
Est fort propre pour la ceruelle.
Ie croy que ceux de la Rochelle
Ne tiennent le party Lorrain,
Et que le pontif Romain
N'a point de legat à Geneue.
C'est vn dangereux lieu que Greue
Pour les François Espagnolez:
I'en verray mille descollez
Si vn iour le Roy est le maistre,
Il pourra quelque chose naistre
Apres ce long traicté de paix.
As tu point leu dans Rabelais
Le cruel combat des Andouilles?

I'ay

I'ay leu au liure des Quenouilles
Qu'on peut le Roy depoffeder,
S'il luy, plaift ainfi l'accorder.
Luy mefme fe met en tutelle.
On prend bien garde à la Nacelle
En Daulphiné & Languedo.
On m'a conté que monfieur d'O
Tient de Caon la plus forte place,
C'eft vne tresbonne cuiraffe,
Et à l'efpreuue du Canon.
On fe plaint du Duc d'Efpernon :
Mais c'eft le Sceptre qu'on demande.
A quoy tient il qu'on ne commande
De mettre au vent nos vieux drappeaux ?
Ils fauteront comme crapaux
Les Efpagnols à la fougade.
Mon Dieu qu'il a la couleur fade
Pour eftre Monfieur appellé.
Au diable foit le vieux pellé,
Auec luy fa mine hypocrite.
Puis qu'il y va de la Marmitte
Nous aurons force Marmittons.
Si vne fois nous combattons
Ce fera vn trifte carnage :
De fang s'emplira le riuage,
Les champs de feu, le ciel de voix :
I'aimerois mieux eftre en vn bois,
Couché deffoubs les vertes branches,
Et d'efcouurir les cuiffes blanches
De quelque petite tendron :

Puis

Puis accorder ma voix au son
De la mignarde Philomelle.
Vertu-bieu ne parlons plus d'elle,
I'en ay par trop esté tansé.
Auant que cest an soit passé
Nous verrons des grandes merueilles.
Pour bien desnicher les Abeilles
Il faut l'habit d'vn Penitent.
Si i'estois premier President,
Chippart n'auroit plus d'audience.
O que i'ay fait de reuerences
A ces petits dieux du Palais.
Monsieur le Mareschal de Rets
A fait au Roy vn bon seruice.
Ie veux honorer la Iustice,
Puis que i'ay gaigné mon proces.
Toutesfois c'est vn grand excez
Que de consigner tant d'espices.
Ne son-ce pas grands malefices
De distraire au Roy ses subiets?
Ces traittez nous feront suspets,
Tant que nous en verrons l'issue.
Ils n'ont la vieillesse deceuë
Du Sieur du Ludieu à Verdun.
Si n'ont ils encor droit aucun
De commettre tant d'iniustices.
Premier qu'auoir esté Nouisses
Plusieurs sont deuenus Abbez.
Ceux qui ont les cerueaux plombez
Ne font iamais belle entreprise.

Tous les Edits du Roy de Gůyſe
Sont ſeellez du petit cachet.
Le gendre de monſieur Touchet
A pris le party des rebelles.
I'ay reçeu tantoſt les nouuelles
Qu'ils ont penſé ſurprendre Mets,
Ceux de Toul ne ſeront iamais
Loué d'auoir eſté fidelles,
On mange à Paris des pucelles:
Mais il s'en recouure bien peu.
Vn loup tout nouueau eſt esleu,
Pour veiller ſur la Bergerie.
Si le Cardinal ſe marie
Tu ne vis iamais tant dancer:
Nous les ferons tous fiancer,
Nos Curez à leurs chambrieres:
Mais que deuiendront nos Vicaires,
Viuront-ils touſiours au commun?
Monſieur le Comte de Laudun
A fendu le vent de bonne heure:
Penſez de quel œil il pleure
D'auoir quitté le Chaſtelet.
Viue le Sieur de Nantoüillet,
Et ceux qui aiment la Patrie.
Pour vne ſotte menterie
On a deſcapité Môntaut,
Nous n'aurons pas encor l'aſſaut,
Puis qu'on a eſuenté la mine.
Pour bien chaſſer vne vermine
Il faudroit brusler les paillers,

l'eſpe-

I'espere d'estre Chancelier
D'vn des petis Roys de Champaigne,
Ils sont Nepueus de Charlemagne,
Fils de Godefroy de Billon :
Mais ou est le beau Champvallon,
Est-il pas aussi de leur suitte ?
Ah, la vaillante Marguerite,
Elle va liurer le combat:
A mort, à mort: à mat, à mat:
Au canon, bataille, bataille.
Ie croy qu'ils font bonne ripaille
Tous ces soldats au Roy d'Elbœuf:
Ils ne voudroyent pas prendre vn œuf:
Mais ils mettent tout au pillage:
C'est vn tres-mauuais voisinage
Pour les habitans d'Alençon.
Ce sont tous faucheurs de Cresson
Ceux que le Roy d'Aumalle meine.
Ie ne sçay si le Roy du Mayne
Viendra au combat des premiers.
Hé, que de nopueaux Cheualiers,
Qui portent la croix Espagnole.
France, helas ! que tu estois folle
D'esleuer enfans si ingrats.
Popiel fut mangé des rats,
Et les Marmittons nous assaillent.
Ces Ligueurs Minereaux trauaillent
En vain à sapper cest Estat.
Pour contrefaire l'Apostat
Il faut l'habit d'vn Iesuiste:

Ils ont tous refusé la fuitte
D'vn fainct Concil a eux offert.
Bien fouuent vn bon droit fe pert
A faute de le bien debattre.
Pour faire les impofts rabbattre
On veut le peuple ruyner.
Dieu qu'ils ont grand peur de iufner,
Ces rouges pilliers de cuyfine,
La belle Margot eft maligne
D'auoir perdu fon bon mary :
Ie croy qu'il n'en eft pas marry,
Ie cognoy bien la Damoifelle.
Penfe tu qu'on la baille belle
Au vieux Cardinal de Bourbon.
Si i'eftois monfieur d'Auignon
Iaurois la Pantouffle dorée.
He! bon iour Madame Picorée,
Tant vous auez de beaux enfans.
Mon Dieu, qu'ils font de pourfuyuans
Aux eftats du Roy de la febue.
Pour les paffer l'infernal fleuue
Caron s'eft mis de leur cofté.
Ces apprentifs de Royauté
Promettent a tous recompenfe.
Il y a bien de l'apparence
Qu'vn chenu tremblottant vieillard
Succede a vn Prince gaillard,
S'ils ni fçauoyent quelque fineffe.
Au premier on faifoit largeffe,
Pendant que l'argent a duré.

I'ay

I'ay bien peur d'estre censuré:
Car i'ay parlé de la bezasse.
O qu'il y va de bonne grace
Ce nouueau tiercelet de Roy,
De vouloir qu'on rompe la foy
Sur qui la paix est asseurée.
Elle est encor bien enserrée
La Royne au peuple Escoissois.
Certes vous n'estes plus François,
Vous qui artisans de malice,
Pillez France vostre nourrice
Ains estes de France auortons.
N'as tu point veu les hannetons
Qui n'ont que deux mois de furie ?
Mais Thony, dy-moy, ie te prie,
Quel monstre ay-ie la aduisé
Vn François Espagnolizé,
Pippé des appas de Lorraine ?
Vne ame d'ambition pleine
Ne se peut de rien contenter.
On nous fait par presens tomber:
Mais rien que le deuoir n'oblige.
Ils sont bourgeonné d'vn viel Tige
De Charlemaigne ou de Pepin.
Rendons nous, voicy Lauerdin :
Sus, il faut courir comme lieures.
Faisons vn bataillon de Chieures
Pour broutter tous ces reiettons.
Ils pensoyent charmer les Bretons
Par la vertu du caducee.

La partie estoit bien dressee:
Mais le sort tombera sur eux.
Ils le vouloyent rendre Chartreux,
Ou Prieur des Hieronymites:
Les desseins Romain Catholiques
Ont produict tous ces beaux effets.
N'eust esté du Roy les biens faits,
Ils n'eussent pouuoir de mal faire,
Il a rechauffé le vipere
Qui, trop ingrat, le veut tuer:
Auant que la farce iouer
Ie crain bien vne tragœdie.
C'est vne lourde maladie
D'estre estropiat du cerueau:
Garde le coup de Iean Rouzeau.

F I N.

RESPONCE
DV COQ
A L'ASNE:

Sur les Tragœdies de France.

THONY, A ARNAVD.

M. D. LXXXIX.

I'Ay veu parmi ce trou vn fait de consequence,
I'y ay veu teste à teste, & l'ay bien remarqué,
Le Ligueur furieux, & l'Huguenot piqué,
Au triomphe iouër leur credit en la France.

Le Ligueur à l'entrée alloit belle apparence
De gaigner l'Huguenot qu'il auoit attaqué :
Mais le fin Huguenot, de peur d'estre moqué,
Faisoit à mauuais ieu tresbonne contenence.

En fin le ieu, changé, leur dit esgalement:
Il ne manque à chacun que cinq points seulement,
Apres auoir conté le proffit de l'enuie.

L'vn & l'autre a deux Roys, & ne faut plus que
      l'heur:
Car la Carte au tourner iugera le meilleur,
Qui aura le bon Roy gaignera la partie.

RESPONCE
DV COQ,
A L'ASNE.

THONY, A ARNAVD.

I'A y fort contenté mon efprit,
Arnaut, en lifant ton efcrit,
ou i'ay appris bien des nou-
  uelles:
Mais ie t'en diray des plus bel=
  les.
Nous aurons à ce coup la paix
Pour faire la guerre à iamais,
Du moins pour toute noftre vie.
Ils ont fur le Roy grand enuie,
Et qui ne leur fit iamais mal.
Bourbon eft au Pape fatal,
Pour cela il l'excommunie.
Luy auroit-il point pris enuie
De porter le lys au chappeau?
Puis que ce grand Ligueur deffaut
Le Cardinal fera facré.

C   On

On le tiendra pour emprunté,
En Espagne & en Italie.
Qui n'a esté en Lombardie
Ne peut trahir couuertement,
Nous aurons vn grand changement,
L'Espagne, Lorraine & l'Itale,
(Auec tout l'ordre Monachale)
Sonnent chaudement les allarmes
Ie sçay qu'il est adroit aux armes
Monsieur le President Arlet,
Quand il est dessus son Mulet
Il semble auoir vn grand Pompée.
Hé mon amy la belle espée
Que le President de Nullis.
Les loups garderont les brebis
Puis qu'ils sont bergers deuenus.
S'il y a des enfans perdus
Ce sera d'Harcourt la lignée.
Ie t'en diray ma ratelée.
A ton aduis les Holandois,
Les Grisons, Frisons & Dannois,
Les Zelandois & les Flamans,
Les Suedois & Allemans
Sonnent ils pour les trespassez?
Le Pape nous a dispencé,
Pource on l'a mis en prison:
Iamais ne nous fera pardon:
I'entend qu'il est mis en chemise.
Quant à la Rochelle elle est prise:
Mais les Huguenots sont dedans.

Baſſompierre a des Allemans
Pour ſecourir le treſpaſſé.
Chantez treſtous *Libera me*
Auguſtins, Iacopins & Carmes,
Le Roy du Maine prend les armes
Pour imiter ſon deuancier :
Du Mayne en May eſt en danger,
L'Almanach en fait mention.
Ie croy que Monſieur d'Auignon
Ne meine maintenant grand bruit.
Il fut ſacré en vne nuict
Le Roy de la ſanglante Ligue.
On ſe plaint d'vn qui eſt prodigue:
Mais il donne ce qu'il n'a pas.
Il fut à deux doigts du treſpas
Au mois de May en l'an paſſé.
I'ay bien peur d'eſtre bretaudé
Si on venoit à me cognoiſtre.
Si le valet peut eſtre maiſtre
On enuoyra le Roy dormir.
Il ne ſe faut trop esbahir
S'ils luy veulent oſter la vie.
Grauille eſtoit de Normandie
Qui tenoit bon pour les Anglois.
Or ſes ſucceſſeurs ceſte fois
Tiennent le parti Eſpagnol.
I'entend que les gens de ſainct Pol
Sont tous deuenus libertins.
Iamais tu n'auras bons poucins
Couuez d'vne poule meſchante.

As tu point leu en la legende
De ce bon frere sainct François,
Les bons tours qu'il fit plusieurs fois,
Qu'ores ses successeurs apprennent?
Pense-tu de quel œil ils pleurent
Les Espagnols & Italiens
Le bon compere aux Parisiens
Qui pensoit estre Connestable,
Puis apres Roy. Sçay-tu la fable
Des loups, qui dirent aux brebis,
Qu'afin de demeurer amis
Il falloit leurs chiens exiller?
L'Amiral s'a bien sçeu payer
De l'homicide qui l'occit.
Sdan & Iamets, à ce qu'on dit,
Refusent deux cens mille escus,
Que les Lorrains ont presenté.
Arnaut, si Dieu auoit donné
Vn beau petit fils à la Royne
Tous ces Roitelets de Lorraine
Auroyent-ils point le cœur perdu?
Il fut en vn gibet pendu
Le galand qui vendit Marseille.
Tel fait de l'endormy qui veille,
Ie m'en rapporte aux Biarnois.
Nous auons encor quelque mois
Pour appeller de la sentence:
Sinon ils reigleront la France
Par leur semblance de soldat.
On auoit sommé au combat

Ce

Ce grand Roy metamorphosé.
Arnaut, sanguoy tu es damné,
Va de par le Diable à la messe.
On veut ruiner la Noblesse,
Et mettre l'Estat à l'enuers,
Tesmoin le bon Duc de Neuers,
Qui en a dit sa ratelee.
Puis que les cartes sont meslees
Le ieu ne sera sans hazard.
Ils tiendront le party Guysard
Ces Cagots attrape-deniers :
Ils font des nouueaux Officiers
Qui sont à moitié Iesuiste.
Ils n'est que de prendre la fuitte
Pour bien euiter la bataille.
Ils maintiendront la gourmandaille
Auec la Ligue Catholique.
Qui a du bien est heretique,
A tout le moins est Huguenot.
Tel pourra bien payer l'escot
Qui sera tout debout à table.
Nous n'auons plus de Connestable :
Mais nous auons quatre ou cinq Roys.
L'Amiral est mort bon François,
Et son homicide Espagnol.
La Valette empesche & le vol
(Des Ligueurs) & la tyrannie :
Pource ils luy portent enuie,
Et l'accusent d'estre Huguenot.
Montpensier le sera bien tost

S'il ne quitte la Normandie.
Ils ont penſé croquer la Pie,
Pour cela ſe ſont aſſemblez,
Et ſont aux frontieres allez
Pour coupper le paſſage aux Ryſtres.
Mon Dieu que nous mangerons d'huiſtres
Si nous viuons encore vn an,
Fontenay, Chippart & Compan
Sont trois bons ſoldats ſans effets.
On tient le camp deuant Iamets
Afin de matter les Meſſeins.
Il ne faut qu'eſtre bon Lorrains
Pour eſtre François contrefait.
Veuxtu ſçauoir ce qu'ils ont fait
Contre l'Anglois victorieux?
Ils y ont autant fait que ceux
Qu'en peinture les ont deffaits.
A ce coup nous aurons la paix,
Si ce n'eſt quelque ieu ioué,
Pour rendre quelqu'vn encloué,
Qui entreprenoit trop grand courſes.
La paix fera la guerre aux bourſes,
Au pauure peuple amadoué.
Certes c'eſt vne grand pitié
De voir vn ſi grand changement,
Qui arriue le plus ſouuent
Par deux coqs dedans vn village,
Et deux maſtins en vn meſnage,
Deux nids deſſus vn Arbriſſeau,

Et

Et deux Seigneurs en vn Chasteau:
Puis deux coquins à vne aumosne,
Et deux Roys à vne Couronne:
Tout cela est prodigieux
Comme deux Soleils dans les cieux.
Cela n'estant plus nous n'aurons
Qu'escus sols, au lieu des Doublons
d'Espagne.

QVATRAIN.

Au temps passé, de l'aage d'or,
Crosses de bois, Euesques d'or:
Maintenant sont changez les loix,
Crosses d'or, Euesques de bois.

FIN.

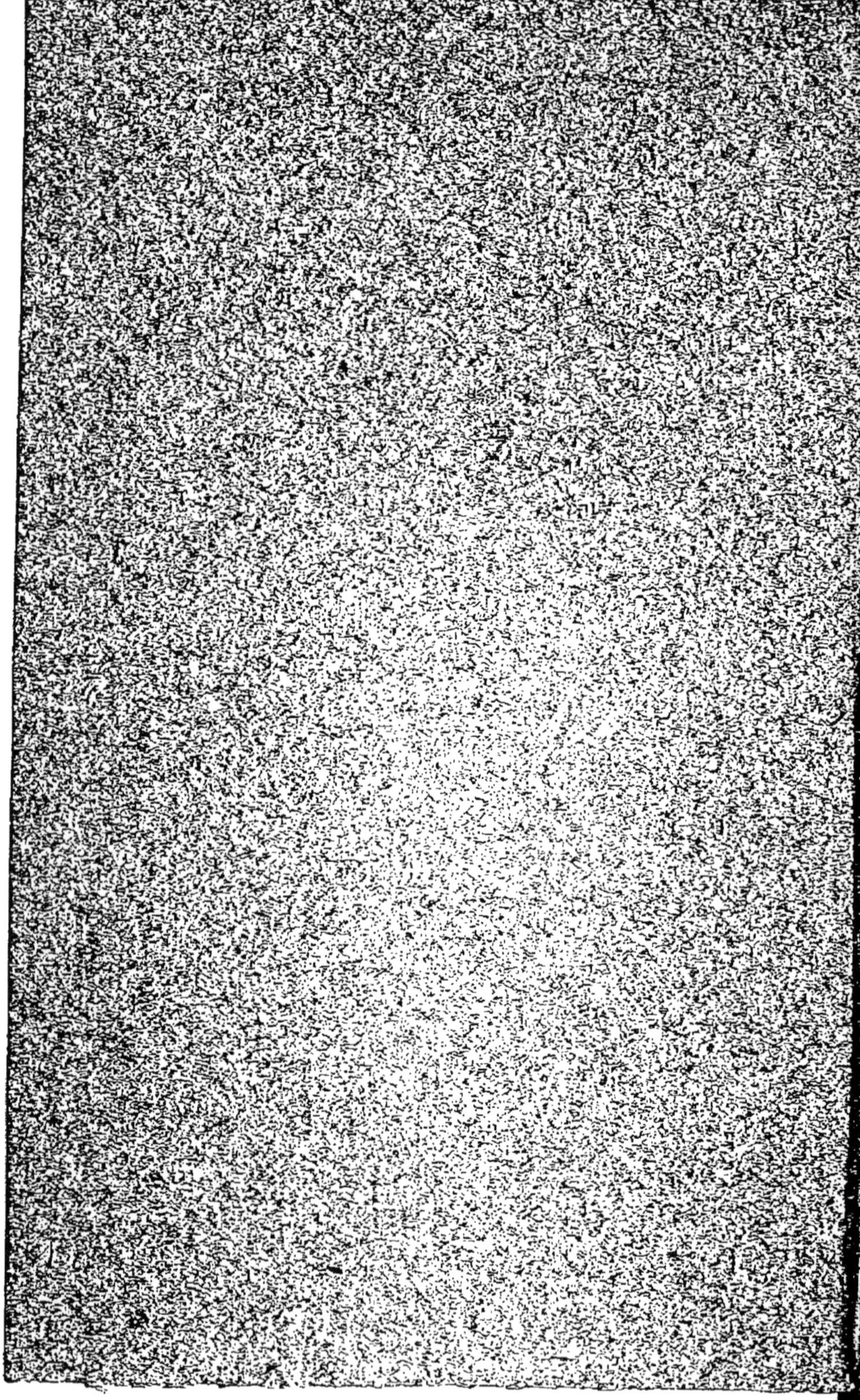